渡辺美輪　川柳句集

北極星

渡辺美輪

目次

春の猫

たっぷりと眠るしあわせ春の猫

新しい靴がなかなか馴染まない

鼻先をかすめて恋は通り過ぎ

好きなだけ笑え　ピエロの赤い鼻
無神経無邪気虚しい胸のうち
暗闇の中に眠っている明日

長い夏だったねうちわ扇風機

冷蔵庫いっぱいにしてまだ不安

真剣な顔して猫がうずくまる

信じられるものは右の手左の手
幸不幸一秒ごとに入れ替わる
君からのメールを消去して明日へ

悪口雑言　女生き生きしています

あやまちはあやまちのままシクラメン

ショーウインドーの向こうの笑い声

まっすぐな道が曲がって見えた夜
このままで行こう坂道駈け下りる
君に逢う今日もアラーム鳴り続け

四畳半孤独の虫を飼い馴らす
忘れます　ぴったり閉めた棺の蓋
表面張力君への思いあふれ出す

シャワー全開

音立てて咲いてみせます寒の花

人間は寒い冷たいやわらかい

オブラート破ればあんまりな話

さようなら私あいにく元気です
裏切りを百舌は告げるよ高らかに
ごちそうさまでしたと生ぬるいビール

斜め四十五度に傾く恋心

薔薇咲いて散って真昼の嘘っぱち

洗い髪包むタオルの優しさよ

信じてもいいかと猫が振り返る

シャワー全開　風呂のタイルはピカピカに

ダウン寸前に差し出されたビール

風の音だけが響いているのです

句碑三つ回って君を忘れます

誰も彼も許しを請うて冬の寺

キッチンの棚に眠っている殺意
早咲きの桜　軽率すぎました
一本の糸を辿ってきた私

おそろしいものの一つに新聞紙

ボロボロの服を着ている自尊心

井の中の蛙一匹ここにあり

うらうらと今朝も春眠さめやらず

エイプリルフール神戸の風寒し

またいつか会える約束花見月

簡単に言えばさみしくなるばかり
ツイッター貧しい語彙を弄ぶ
思いきり君にぶつける五・七・五

六月のろくでもないと思う恋
空梅雨や降るも降らぬも君次第
あなたにはわからないこと濃紫陽花

簡単に書けば終わりという話

ポールポジション取って夏へと一走り

今日も晴れ　降りしきるのは蝉の声

少年のようにTシャツ半ズボン

またひとつペットボトルを空にして

猛暑から酷暑へ汗はしたたりぬ

「作る」と「詠む」

私の句は恋の句が多い。

別に意識的に恋の句ばかり作っているわけではない。ふと、思いつくのが恋の句というだけだと思う。

心が深く沈んでいる時は、あまり川柳は詠まない。こういう時は深刻になりすぎて、堂々巡りする。言葉がかえって空回りすることが多いからだ。

あまり重い句は詠まない。重い内容でも、重くならないように詠みたいと思っている。

通勤や移動の電車に乗っている時や、買い物に出ている時。なんでもない時に、突然句が浮かんでくる。そんな時は、取りあえずケータイにメモして自分宛にメールする。

たいていはボツになるけれど、時には「これは」という句もあって、そういう句は雑誌で発表したり句会で投句したりしている。

意識的に作ることはほとんどない。句会でも、題を前にして勝手に浮かんでくる言葉をつなぎとめる。まるで連想ゲームのようなもの。

だから「創作」とはちょっと違うかな、と自分の川柳を見て、ふと思うことがある。

コーヒーをどうぞ

立秋を過ぎてまだまだ見えぬ秋
矢面に立ってしまえば良かったわ
ひとことで言えばあなたを愛せない

これ以上待つと言うなら雨あられ

さようならこれ以上ない夕焼けに

疲労困憊　ひとまずコーヒーをどうぞ

いつからかころがっているガラス玉

無心にはなれず無情にもなれず

はっきりとさせればたわいない話

常識の範囲はみ出たピアノ線
真実はひとつと言い募る冬日
朝の雨まだ泣けないよ泣きたいよ

信頼を裏切る風の強い日は
もう少しそばにいたいと猫が鳴く
ひとつずつまたひとつずつ消す何か

流行の先端からの巻き返し

六月のろくでもないと思う空

紫陽花もうんざり中途半端だね

正直に言えば嫌いとカタツムリ
ほんとうのところは伏せたままが良い
また傘をなくして歩く雨の街

嘘をつくつもりなどない八月は

蛍一匹　それでもここにいられるか

ふるさとへ帰ると言えば猫の声

間違えた道の数だけ恋をして
あいまいな返事ばかりの猫である
冷蔵庫の奥から取り出した未来

あの日の月

西を向く十一月の真ん中で
あなたへの回数券が切れている
いつの日かきっと君にもわかること

関係者各位　私は元気です

信じない信じられない忘れない

百円ショップで買えないものがありますか

なんだかんだとこうして同じ空の下

しあわせのような不幸のような　雪

世の中の平均よりも下にいる

寒い夜　明るい話ないですか
どうしても許せないこと梨かじる
逃げ出した私を野良猫が笑う

恋人よあの日の月はどこにある
ゆらゆらと揺れる心はやじろべえ
噂話ちょっとスパイス効きすぎる

大切な話カステラ厚く切る

許されてしまって薔薇の憤り

真に受けてしまって暗い雨が降る

コーヒーがおいしいうちに帰ります

あなたには内緒ないしょのひとりごと

ひらがなのカーブ日本語うつくしい

カギカッコひとつで括るのはやめて
信じると言われて何も切り出せぬ
受話器から漏れ出すあなたへの思い

わたくしの中の獣を解き放つ
極刑に処されるわたくしの心
柿の渋　言いたいこともままならず

さみしいとつぶやく黄昏のワルツ
くちびるに恋唄うっすらと赤く
やわらかくなって明日に備えます

シロナガスクジラの夢を見ましたか
シャッターチャンス君の笑顔を綴じ込める
コーヒーはブラック　恋は控えめに

雨だれの嘘を見抜いてしまったよ
さりげなくさよならなんて綺麗事
また秋を見送る神戸三宮

「詠む」と「読む」

最近、本を読んでないなあと思う。

昔は本が読みたくて読みたくて、読むために大学院にまで進んだ。

部屋には背の高い本棚を二つも並べて、ぎっしりと文庫本とハードカバーを並べていた。

それが神戸の震災の時に倒れて、本が自分の頭の上に降ってきたので、二つとも部屋から追い出してしまった。ケガもせずに済んでやれやれだった。

以来、文庫本ばかり買っている。読んだら捨ててもいいように。


川柳を詠む上で、読書は必要か否か。

「いろんな知識がないと見聞が広がらないからたくさん読め」と六郎編集長。

「他人の文章や句に惑わされるから、あんまり読まなくていい」と新子先生。

どちらももっともだと思う。でも、本当は読んだほうがいいんだろうな。


今日も私の隣には、買ったまま開いてない本がちんまりと横たわっている。

遠い旅

夕月夜　ふと思い立つ遠い旅

勢いでひょいと出かけるチューリッヒ

逢いにゆく定期預金を空にして

パスポート使わないままもう五年
ハイヒール脱いで何年経つだろう
スーツケースに入りきらない夢ばかり

後悔はしたくないけど歯が痛い
それにしても搭乗口の遠いこと
これでいいのかと何度も振り返る

ちんまりとまあそれなりの機内食

眠れない夜から眠れない昼へ

入国のスタンプ押され次の列

立ち呑みのビールがやけに恋しくて

パン一個値段シールを二度見する

四泊六日下手な英語で乗り切るか

雪の中パウル・クレーの美術館
見知らぬ街の見知らぬ人の見知らぬ絵
絵はがきを買ってしばらくあたたまる

立ち止まる異国の街の時計台
十二時の鐘を目指して走ります
教会のシャガールちょっと澄まし顔

ビールより高いお水を飲んでいる

そぞろ歩く季節外れの薔薇の園

タイムスリップ世界遺産の街中で

君に逢う少女のように頬染めて
くるくると回るわたしはお人形
今ここにいるのが本物のあなた

名を呼ばれ不意に時間が動き出す
シンデレラガールになった気分です
わたくしの一等賞はいつも君

八万の一人となりて客席に
目の前で奇跡が奏でられている
歌声に酔ってダンスに魅せられて

登ってても登ってても宙吊りのピエロ

めくるめく夢をくださいい何度でも

氷との融合を見た三時間

空港に向かうリムジンバスの鬱
またいつか逢えると信じ離した手
二度とない君の時間をありがとう

帰国便　君の笑顔を思い出す
みんなさみしいみんなやさしいたまらない
それぞれの思いを胸に日常へ

新しい風を感じている尻尾

瓦礫から

一年後何もなかったように　海

忘れてはいけない忘れてはいない

思い出すことを拒んで町を出る

かなしみは形を変えて瓦礫山

くるしみは形もなくて放射能

じわじわと襲うさみしさ　ふるさとよ

友人の声がだんだん遠ざかる
にんげんを信じられない信じたい
ほんものの絆求めて百の鳩

一・一七今年もひとつ年を取る

瓦礫から生まれた私の川柳よ

震災の記憶の奥に輝く火

立ち尽くす君の笑顔の消えた朝
しあわせを引き寄せるもの奪うもの
こんなにも無力なわたくしの右手

神よあのひとの孤独を埋めたまえ

立ちあがる　それでも前を向くために

闇を抜けいま少年は青年に

ただ祈るだけでいいなら目を閉じる
十九年かかりましたと神戸から
福島も仙台もあの人も遠い

風はつめたい海はかなしい四年とや
重ね着をしても逃げられない寒さ
何もできないから微笑みをあげる

あの日から二十年目の誕生日
午前五時四十六分　ただ祈る
新聞もテレビも見ない見たくない

地震速報震度一すら恐ろしい

陸奥に春は来たのか梅だより

ひび割れた道路にたんぽぽが咲いた

私の記憶は街の記憶なり

空に星　手に川柳を携えて

明日へと歩くコートを脱ぎ捨てて

二十年経っても胸にある更地

二度とないようにと祈る空に月

三月の思いははるか海渡る

東へ西へそして遠くの友の声

がんばらなくていいからしあわせになって

新しい言葉を紡ぐための朝

北極星

新年の馬たてがみを靡かせて
勝鬨をあげてきらきら光る汗
やわらかい朝あけましておめでとう

迷わない　北極星は中天に

春だからあなたの腕にしがみつく

長い長いトンネルやっと春が来る

泣き言は言わぬ如月朧月

三月になればすべては許される

安心をくださいい風が吹く前に

春四月　君をどこまで待てばよい

在明の月に邪心を見抜かれる

ゴシックの未来の文字が軽すぎる

六月の雨当然の顔をして
新しい傘をなくしてしまう夜
泣き顔はしっかり見せて泣いてやる

会いたいと言ってくれるなホトトギス

気まぐれの限りを尽くすカタツムリ

もういいさ紫陽花の色とりどりに

運命の出会い　電気が駆け抜ける
十二時を過ぎてまだまだシンデレラ
日常を乗せてガタゴト路線バス

深刻な事態　あなたがいなくなる
困惑の限りで猫はうずくまる
立ち止まる甘いりんごの誘惑に

十二月季節通りに雪は降る
寒い夜　男やさしい嘘ばかり
あやまちを認めるまでの一時間

昨日から今日まで夜を乗り越えて
新しい私に会える朝が来る
好きというただそれだけがあれば春

私と川柳

私が川柳と出合ってもうすぐ二十年。ということは、阪神淡路大震災から二十年ということになる。

私の川柳との歩みは、あの震災とは切っても切り離せないものとなっている。神戸の震災がなければ、『悲苦を超えて』を読まなければ、時実新子と出会うことも、川柳を始めることもなかった。

ただし、川柳を始めたばかりの頃、私は「震災」を詠むことはしてこなかった。あの恐ろしい揺れを思い出すものから逃れたくて、言葉にすることに抵抗があったのだ。あえて「震災」を詠むようになったのは、震災から五年くらい経った時。その頃、新子先生の教室にも通い出した。その頃からようやく真剣に「川柳」と向き合うようになったのかもしれない、と今になって思う。

そして四年前の東日本大震災。今度は自分から「川柳を作ろう」と思った。

それから毎年、一月十七日と三月十一日は震災の句を作る。私の存在証明として。

川柳を始めてから、どんどんわがままになった。

好きなものは好き、嫌いなものは嫌い、と、はっきり言うようになった。

大人としてそれはどうなのか、と思うこともある。

でも、職場で好き嫌いを口にするわけじゃないし。好きじゃない相手だからといって、仕事に差し障りが出るような接し方はしていない。はず。多分。

態度には表れてしまっているかもしれないけれど。


川柳を始めてから、この秋で二十年。

新子先生と六郎編集長に出会った時は、こんなに長く続けることになろうとは思っていなかった。

新子先生が亡くなり、六郎編集長もこの世を去り。

それでも私は生きている。

そして私は、これからも川柳を続ける。

いま、ここで生きている私を残しておくために。

二〇一五年二月

渡辺美輪

渡辺美輪（わたなべ・みわ）

一九六六年一月岐阜県生まれ。神戸市在住。一九九五年の阪神淡路大震災の後に時実新子に出会い川柳を始める。

「川柳大学」元会員。「現代川柳」編集長。神戸新聞川柳壇元選者。神戸新聞文化センター（ＫＣＣ）、朝日カルチャー芦屋教室等で川柳講座開講中。

［著書］

川柳集『恋人よ』『ストレートライン』『時実新子　川柳の学校』（有楽出版社刊、共著）『川柳タッグマッチ』（共著）

北極星

二〇一五年五月一日　第一刷発行

著者　渡辺美輪

発行者　小柳学

発行所　左右社

〒一五〇・〇〇〇二　東京都渋谷区渋谷青山アルコーブ

電話〇三・三四八六・六五八三　ＦＡＸ〇三・三四八六・六五八四

http://sayusha.com/

装幀　東辻賢治郎

印刷所　株式会社ＳＩＰ

Printed in Japan　ISBN978-4-86528-308-2

乱丁・落丁のお取替えは直接小社までお送りください。

〈川柳句集シリーズ〉

約束の旅　黒川佳津子

生きようと　島村美津子

硝子のキリン　道家えい子

石の名前　中川千都子

艶歌　愛しき人よ　中野文擴

へうげもの　秀川純

ピアニッシモ　別所花梨

揺振摺　VIVRE 生きる　1995-2015　門前喜康

雫が海となる神話　茉莉亜まり

新　ピンチはチャンス　吉田利秋

たーちーと　渡辺かおる

本体価格一一一一円＋税